와와 쏴쏴

와와 쏴쏴

강상기 시집

詩와에세이

2010

차례__

제2부

제3부

제4부

제1부

대나무

허공을 가두어

속이 비어있는 삶을

구태여 채우려 하지 않는다

비워서 더욱 꿋꿋한 허공을 안고

시퍼렇게 뜻을 세우며 산다

지렁이

눈도 없는 것이
귀도 없는 것이
코도 없는 것이

길쭉한 몸통을 오므렸다 폈다
하는 일은 위대하다

네 작은 힘으로
더러운 것 해치우고
깨끗한 세상 만들고자

네가 우는 것은
너를 우는 것이 아니라
인간을 우는 것이다

그믐밤

이 밤은

달도 없고

손가락도 없다

알

흔들지 마라

흔들면 곯아 썩는다

바르게 세운 뜻

제발 흔들지 마라

담쟁이

담쟁이는 벽을 평지로 알고 산다
담쟁이는 벽을 넘는 것이 아니라
평지 끝 절망의 벼랑과 만난다
벽을 놓지 못한 채
제 한 몸 던져
끝끝내 매달려 있는
담쟁이의 벽
하늘에 목숨을 맡긴 채
평지 끝 절망의 벼랑에서
고공투쟁하는
벼랑 끝 절망이
담쟁이의 희망이다

별똥

전신주 끝에 매달려
변압기를
수리하다가
한 덩어리
까만 숯

뚝

허공을 긋는다

전기 고문에
부들부들 떨던

나

패랭이꽃

이
작은
꽃등 하나

세상의 어둠

환히
밝히며

살 수 있거늘

씨앗

씨앗은
수천 송이의 꽃과
수천억의 이파리를 가두고 있는 감옥이다

감옥을 파괴하라
파괴된 감옥이
다시 감옥을 만들지라도

아름다운 꽃이 피고
푸른 이파리들이 살랑거리는 세상을 위하여
감옥을 파괴하라

양파

껍질이 속도 되고
속이 껍질도 되는 것을

겉과 속을 구별하지 말라

꽉 찼지만
기실 비어있는 거다

비어있지만
매운 하루 꽉 찬 삶이기에

모든 것을 받아 들여라
눈물을 부른다

종이

종이가 불을 붙들고 있다

불은 신나게 종이를 태운다

승부는 끝났는가?

불은 흔적이 없으나

종이는 재를 남긴다

진달래

산 너머 노을빛으로
진달래가 피었다

내 가슴에 남은 그리움은

저렇게 고운 모습으로
진달래가 피었다

참나무

너는 이제 다
비워 버렸다

버릴 것 다 버려서
건강한 처녀의 피부 같은 줄기에
상처받은 사람의 붕대인 양
눈을 하얗게 감고 꼿꼿이 서 있다

아, 버려서
오히려 있는
참
나는
무엇인가?

참,
나,
무네 그려!

꿀벌

그렇게 단물만 찾다가 얻은 게 뭐니?

누구를 위하여 그렇게 고생했지?
누구를 위하여 그렇게 바빴지?

단물만 빨다 단물에 빠져 죽은 놈아
단물에 취해 길 잃어 죽은 놈아

대보름날

솔가지와
대나무와
볏짚을 엮어
달집을 만들었다

달집에 불을 놓고
보름달을 기다렸다

달은 구름에 가려
횃불만 허공에 솟구친다

대나무나 청솔은
태어나 푸르게만 자라더니
이 산중 골짜기에서
큰 외침을 외치나니

대보름달 같은 환한 세상

어서 오라 외치나니

어떤 날

강가에 섰다
구겨진 내 몰골이
물속에
거꾸로 박혀 있다
흐릿한 물빛의 잔주름에
제멋대로 뭉개지면서
고문으로 의식이 가물거리는
지하실의 내가 흐늘거린다
낡은 유람선이 지나갔다
물속의 하늘바닥,
그 끝 모를 기억 속으로 깊어지면서
삼십대 초반 격정의 내 삶이
물거품으로 부서졌다
수면 위로 흰 구름이
찢어진 화장지처럼
제멋대로 흘러가고 있는데
강가에, 그날처럼

나의 구겨진 몰골이
거꾸로 서 있다

기다리는 숲

수군거리던 숲이 고요히 잠든 때입니다

칼바람이 거세게 몰아치니
온 숲이 파도처럼 출렁거립니다

어둠이 물러서지 않는 부엉이바위에
갑자기 숲을 지탱하던 거목이 쓰러집니다

잠자던 새떼들이 놀라 어둠 속을 파득입니다
순한 짐승들이 이리 뛰고 저리 뜁니다

온 숲 속 나무들의 나뭇잎에서
이슬 같은 눈물이 뚝뚝 떨어집니다
숲은 이제 새로 모실 태양을 기다립니다

아픔

어느 해 겨울
초저녁

길을 가다가
돈다발을 줍다

잃어버린 사람의 울음과 탄식으로
친구들과 술을 마시면서
웃고 행복했다

시인

잡념의 줄이 이리저리 얽혀 있는
어느 외진 곳에 거미처럼 웅크리고 앉아
너는 무엇이 걸려들기를 기다리는가?

영혼을 담은 시 한 줄

하늘에 노는 마음

고요히 강물이 계곡을 흐른다
강물은 제 몸속에 들어온
산을 어루만지며 고요히 흐른다
산은 강물에 제 몸을 맡기고
무심히 강물의 마음 끝을 흔들어 본다
강물은 뒤척이며 산을 온몸으로 품는다
강물은 산이 되고 산은 강물이 되는 것을
하늘에 노는 마음이 무심코 바라본다

벚꽃

네가 구름을 흉내 내면서
부귀,
영화가 정점에 올라
만발할 때
사람들은
구름떼처럼 몰려가
찬탄하다가
너의 독점과 자만이
흰 눈처럼 흩날리면
사람들은
이별처럼 돌아섰다

토란잎

토란잎은 하늘과 놀아
하늘을 닮았다

하늘이 별을 보여주듯이
가끔 아름다운 보석을 보여주다가

하늘 깊은 곳에 숨겨 버린다

산에 드니

산에 드니
처음으로 내가 있다

새소리, 나뭇잎 부딪는 소리,
마음이 맑아져 생각이 거룩해지고
다시 온몸이 귀가 된다

심(心)줄이 팽팽해져
투명한 햇살이 내리는 계곡의
푸르게 고인 물의 숨소리도 들린다

산에 드니
처음으로 나는 내가 된다

목련

내 마음속 참아오던 사랑을
어찌하지 못하여
피어난
꽃

눈부시게
사랑의 기쁨을
어찌하지 못하여
내 마음 밖으로
달빛에 젖은
꽃

참으로 내 사랑
어찌하지 못하여
내 마음 아득한 심연으로
소리 없이 떨어지는
꽃

기다림

산은 춥고
눈발이 흩날렸다
하산 길
절 담벼락에 서 있는
목련나뭇가지에
막 터질듯이
부풀어 있는
꽃숭어리

제2부

불나방

한 순간만이라도 뜨겁게 살고 싶다

타서 죽을지언정

어둠 속을 헤매지는 않겠다

낯선 사람

촛불은
매순간 하나의 불꽃이 사라지고
하나의 불꽃이 살아난다

불꽃은 죽으면서 살고
살면서 죽는다

나도 매순간 죽고
매순간 산다
나는 매순간 타인이다

쓰르라미

한 철을
노래할 뿐

무슨 노래를
남길까

걱정하지 않는다

눈

저 비어있는
대자연의 빛과 소리와 향기로
가득한 공간에
내리는 눈발이여
쌓인 눈 위에 누군가 남긴 발자국이여
발자국 위에 다시 덮이는 눈이여
이윽고 녹는 눈이여
그렇다! 무엇을 남긴다는 것은
잠깐 나타났다 사라진 빛이거나
잠깐 들었던 소리이거나
잠깐 내 후각을 건드렸던 냄새이거나

죽음 앞에서

나는 흙으로 된 주형(籌型)이다
황금 상을 만들기 위한 흙의 주형이다
황금 상이 완성되면
흙의 주형은 부셔버려도 좋다

보아라, 태양의
뜨거운 불길이 꺼지자
밤하늘은 검은 재속의
흩어진 작은 사리들을 보여주었다

바람처럼

너처럼 오고 너처럼 가는 거야
동기도 없이 무엇에 내 맡긴 채
어디로든 가는 길이 너의 길이야
그냥 그렇게 왔다가 그렇게 가는 거야
누구처럼 인생을 즐기고 싶다고 말하지 않아
북쪽은 추워서 싫고
남쪽은 따뜻해서 좋다고 말하지 않아
많은 시련을 겪었다든지 어떤 성취를 위해서
나의 삶은 참으로 위대했다든지
이제는 조용히 안식을 취하겠다든지
이렇게 저렇게 말하지 않아
아무 거리낌 없이 매임도 없이
선택도 없이 포기도 없이 욕망도 없이
그저 오고 그저 가는 거야

촛불

사물에 차별이 생기므로
자신을 태우는 아픔을 갖지 말자
태양처럼 세상을 밝게 하는 흉내를 내지 말자
나는 어둠에서 태어나
어둠으로 사라질 뿐이다
잠시 어둠을 몰아내지만
다시 어둠이 올까 두려움에 떤다
어느 순간 어둠은 덮칠 것이며
빛은 단지 환상일 뿐이다
한정된 시간의 빛임을 알기에
내 몸은 발광하는 것이다
어둠이 있는 한
세상은 오히려 빛임을 알자

봄밤

달빛에
배꽃 그림자
유리창에 흔들려
늦은 저녁
그대 그리움에
잠자리 뒤척이면서
새로이 가슴 아파라

태창 오리떼

석양녘
천수만 해변 쪽 먼 하늘 위에
갑자기 시커멓고 거대한 그물이 드리웠다

검은 그물은 하늘에서 이리저리 선회하더니
긴 포신처럼 변해서
순식간에 나를 향해 덮쳐들었다

공간과 유희하는 그 잠깐 동안

다시 펼쳐져 노을을 덮는 거대한 그물이 되어
천수만 하늘 끝
어딘가로 점점이 사라졌다

비눗방울

속을 비운 채
허공을 간다

내면을 둘러싼
외면에 비치는 무지개

수천 년에 걸친 노고와
고도의 정교함이듯

살짝
나타났다가
허공이 된다

아침 서리

유리처럼
풀잎에 반짝거린다

얼음꽃으로
장식한 나무들

수정의 꽃다발이
이룬 숲

해 오르자,

사라지는
하얀 꽃의 축제

너는 어디에 있는가

화장하고 있는
너를 보면서

향수를 몸에 뿌리는
너를 보면서

내가 생각하는 것은
너는 과연 어디에 있는가

산정

내가 살아온 세상이
이 산자락 아래 멀리 펼쳐져 있다

빨간 양탄자의 노을 위에
꽃잎 같은 구름이 흐른다

친정아버지의 손을 잡고 들어오는
내 어린 신부의 모습이 보인다

주례(主禮) 앞에 돌아서서 기다리던
그날의 초조한 황홀함

내 남은 시간의 황혼 앞에서
청순한 신부 같은 별을 기다린다

존재

지구는 우주 속 먼지

먼지 속 수십억 박테리아

먼지 속 먼지를 망치면서……

네가 바위에 이름을 새긴다 한들

영원하겠느냐?

기껏 먼지에 감동을 새기다

사라지는 것들아!

술병

당신은 기다렸습니다
당신의 욕망을 비워버릴 때를

이제 비워드리겠습니다
당신 몸을 내 몸과 바꿉니다

쉬십시오, 누워있는 몸이여

당신은 비워서 편안하고
나는 채워서 더욱 고단합니다

수박

다섯 살 귀염둥이 내 아이가
수박씨를 심었습니다
유치원에서 받아온 숙제
화분에 흙 담아 수박씨를 묻었습니다
수시로 물주고 싹을 기다렸습니다
떡잎이 나오고 수박줄기 자랄 때
내 아이의 꿈도 함께 자랍니다
줄기 뻗어나 꽃 피고 열매 맺어
큰 수박덩이 열리는 꿈
내 아이의 꿈이 있기에
나의 세상도 꿈이 있습니다

가난한 부자

참말로 저 사람 가난한 사람이네
수십억짜리 호화빌라에 살면서
호화외제 자가용 굴리는
부자라고 하는 저 사람
참 가난한 사람이네
나는 세계가 내 정원이고
이 우주가 내 집인 사람인데
티끌 조금 가지려고
저렇게 안절부절 인생을 허비하다니

농사

농부만 바쁘게 논밭을 가는 게 아니다
나도 바쁘게 내 마음을 갈아엎고 있다
논밭을 방치해 두면 묵정밭이 되듯이
마음도 방치해 두면 쓰레기장이 된다
비유와 상징의 거름을 주어
경이로운 꽃을 피우고
감동의 과일이 열리기를 바라며
마음을 갈아엎어 시를 쓰고 있다
나도 바쁘게 사는 사람이다

운석

하늘에는
저렇게 많은 별들
레이저 광선처럼 별똥이 사라진다

더러는 지구 위에 떨어진 별똥
오, 작은 운석이여!

살아서 빛을 발하는 동안의 아름다움이
결국은 작은 돌멩이에 지나지 않는다

저수지

정적이 흐르는 저수지에
개구리가
풍덩!
잠시 물구멍을 열고 뛰어 든다

저수지는 개구리 한 마리에도
한동안 동요하더니
다시 고요히 하늘을 배운다

춘곤

뻐꾸기가 남김없이 노래하고

소쩍새가 목이 쉬게 우는 뜻을

알아듣는 이가 없다니!

저 소리를 듣고도

깨우치는 바가 없다니!

깊은 산속 목탁소리 외롭다

구름이 말하다

1
본래 없는 것을
굳이 형상이 있다고
내가 우쭐댄들
없는 것이 있겠느냐?
온갖 조화를 부려본들
덧없지 않느냐?
내가 그래도 심심하여
푸른 종잇장 위에
아름다운 그림을 그리거나
먹물을 갈아놓기도 하지만
우리들도 서로 다른 녀석들이 만나면
스파크가 생기고
우르릉 쾅쾅 괴성을 지르기도 하면서
본래 없는 것을
계속 보여주고 있는 일만
되풀이하고 있지 않느냐?

2
내가 지나갈 테니

아주 잘 보게!

무얼 보는가?

나 말고
나 지나간 자리!

그냥

아직도 그리움을 버리지 못 했나
아직도 눈물을 버리지 못 했나

사사로운 인정이나 사랑을 베풀지 말라
스스로 살아가도록 내 버려둬라

사랑이 있기에 증오가 있거늘
사랑하는 것도 증오 못지않게
해악이 되는 것을

거울을 보다가

때 묻은 거울은
물로 씻으면 되지만

때 묻은 마음은
무엇으로 닦을 것인가

구름 걷힌
저 하늘 깊은 곳을 본다

꽃 같은 사랑

꽃은,
벌 나비가
이 꽃 저 꽃을 찾을 때도
싫어하는 기색이 없다

그
본래의 아름다움을
더욱 돋보이게 드러낸다

다른 꽃들이
벌 나비를 기쁘게 해준 것이 고마워
향기를 그윽하게
바람에 실어 보낸다

꽃은,
이 꽃 저 꽃을 기쁘게 해준 벌 나비에게
바람 속에 춤추며

기뻐할 줄 안다

제3부

책을 버리면서

상당히 많은 유골단지를
이사를 하면서 대부분 버렸다

보관하고 있던 유골단지
오래되어 주인이 찾아 주지 않는다

재와 단지만을 지니고 있는 것은
유골단지의 정신을 소유한 것이 아니다

그러나 아직 내 서재는
수없이 많은 유골단지를 안치해 둔
추모관이다

연리지

어쩌자고 가슴끼리
저리 붙어있는 거야?

한(一)심(心)한 것들

저것들은 하나만 알지
둘은 모르나 보다

주름

이순 넘어 내 청춘의 옷은
누더기가 되었음을
거울 보며 탄식하는데
내 아들이 곁에 다가와
"얼굴에 주름이 많아서 슬퍼요?"
"그래!"
"아버지의 청춘이 저에게 있는데 왜 슬퍼하세요?"
아들이 내 주름을 펴게 해주고
내 피를 따뜻하게 해 주었다

얼음과 불

당신이 얼음이라면
나는 불입니다
불이 타오를수록
얼음은 굳어만 갑니다
사랑의 뜨거운 불길이
당신을 더욱 얼어붙게 하고
나를 더욱더
불길로 타오르게 합니다
나는 지독한 얼음 앞에서
얼음 속으로 꺼져가는
불길이 됩니다
마침내 나는
얼음 속에 갇힌
불이 됩니다

자명종

어제 온 아침
오늘 또 왔구나

달콤한 아침잠을 깨워
너를 던져버리고 싶었으나
눈 비비고 창 밖을 보니
온 세상이 순백의 거품이다

외등에 비친 흰 거품의 반사광
비가 아름답게 부활하였는지

이 아침은
어제 온 아침이 아니구나

고무풍선

바람이
잔뜩
들었다

채울 만큼
채운 욕망으로

하늘을 목표하여
바람 타고 오르다가

구름처럼
사라진다

우상파괴

석상을 만들고
망치로 부신다

동상을 만들어
불 속에 넣는다

진정 네 마음이 짓지 않으면
파괴할 일이 없다

소망탑

서초구
우면산 정상

소망탑이 하나 있다

돌을 쌓아 만든 소망탑의 언저리
전망대에 서면 아주 잘 보인다 서울이
내 시선은 멀리 남산타워를 지나 병풍 같은
북한산을 부딪쳐서 다시 돌아온다 한강이 씨름
선수 풀어진 샅바처럼 가로로 흐르고 밥상 위 가지런한
젓가락처럼 여러 대교들이 세로로 있다 6·3빌딩 옆으로
국회의사당 지붕이 옛 왕조 무덤처럼 봉긋하고 법원 검찰청이
쓰레기 폐기장처럼 음산하다 예술의 전당 오페라하우스 조선 갓을
쓰고 있다 스모그 뿌연 도심 바둑판 세워 놓은 듯한 회색 아파트 사이로
장난감 같은 자동차들의 느릿한 이동을 보면서 다시 무엇을 소망해야 할까?

잠시

북한산 정상에서
송화차를 마신다
북한의 남정네나 아낙네가 채취했을 송홧가루
북한을 다녀온 어느 시인의 마음에 묻어
나에게까지 왔다
송홧가루 날리는 여기
송화차를 마시며
누렇게 송홧가루 날릴 북한의 어느 산에서
지금쯤 돈벌이에 나선
그네들을 생각하며
멀리 북쪽을
하염없이 바라본다

알지만 모른다

저 하늘에 달이 있다
달이 있는 줄 알지만
달을 아는 사람은 없다

저 하늘에 별들 중 하나가
어디론가 아름답게 사라지지만
그 간 곳을 아는 사람은 없다

저 하늘을 바라보고 있는 사람이 있다
그 사람이 있는 줄은 알지만
그 사람을 아는 사람은 아무도 없다

비

명상의 봉오리가
꽃으로 피어나는 순간에
너는 왔다

바다를 거처로 삼고
하늘을 여행하는 순례자여

역설

물결이여,
불꽃이여,
너는 수시로 변하기에 실체가 있다
고정되지 않아서 오히려 살아있다
매번 죽어서 다시 살아있는
물결이여,
불꽃이여,

수시로 허연 가슴 드러내는 물결
수시로 변화하여 아름다운 불꽃
수시로 변하는 것만이 진정 살아있다
항시 죽어서 다시 사는
물결이여,
불꽃이여,

모든 것 다 무너지지만

모든 것은 다 무너진다

산벚꽃이 무너져 내려앉고
단풍이 노을처럼 곱다가도 무너지고
할아버지 할머니가 무너지고
너와 나의 사랑도 무너지고

그러나 무너지지 않는 오직 하나

우리 마음이
백두산이나 한라산처럼 굳세어야 한다면
백두산 천지의 물처럼 깨끗해야 한다면

무너지지 않는 오직 하나
그것은 저, 저 하늘……

지우개

나는 무엇으로 사는가?
돈, 명예, 권력……
이렇게 낙서한 것을 지운다

슬픔, 분노, 가난, 증오……
이런 어두운 감정의 낙서도 지운다

모든 생각까지도 지워보지만
지우고 지워도 지워지지 않는
견고한 흔적으로 남는
나는 누구인가?

지우고 지우다 보니
내가 없다

와와 쏴쏴

집회장에 도착하기 전에
멀리서
와와
함성이 들려왔다
가까이 가서
똑똑히 보고 들을 수 있었다
바다에 다다르기 전에
멀리서
쏴쏴
파도소리가 들려왔다
가까이 가서
다 보고 들을 수 있었다
호수를 버리고
날아오르는 백조도
와와 쏴쏴일 뿐이었다

포크와 나이프

장미꽃 한 송이
꽃병에서 내려다보고 있는
레스토랑에서
비프스테이크를 먹기 위해
나는 포크와 나이프를 든다

노동으로 휘어진 당신의 허리 같은 포크,
당신의 분노 같은 나이프를 들며
무엇을 자르고 무엇을 찔러야 할까를 안다

양초 불꽃 그림자에 얼굴이 불긋불긋 스치는
레스토랑의 우아한 식탁을 앞에 두고
내가 생각하는 것은
소의 정수리에 떨어지던 도끼날이다

소의 어느 한 부위의
작은 살덩이를 요리한 접시를 바라보고 있는

공범자의 살가운 눈빛으로
입안에 도는 침을 삼키며

나는 장미꽃 같은 향기 맑은 세상을 꿈꾸던
당신의 그 마음을 생각하는 것이다

어물전에서

물 위로 막 건져 올렸을 때만 해도
너는 파득이는 패기와 약동이 있었지

너 이제 소금에 절여지고
얼음조각에 부패를 거부하며
오며 가는 이의 선택을 기다리고 있거늘

한갓 푸른 바다의 유영의 끝이
이것이란 말이더냐

황금만능주의

저 노을을 보라
죽음 이쪽 바다에
가진 거 모두를 아낌없이 뿌린다

바다는 황금가루 넘쳐흐르고
황금 구름 속을 황금 갈매기 날고
가난한 어부조차 황금 노를 젓는다

이 황홀한 황금만능주의 앞에
풍요로운 몰락의 선물이 되어
나는 황금 상으로 고요히 서 있다

십자가

지저스 크라이스트
이전에도 이후에도
수없이 많은 사람들이
저 형틀 위에 세워졌다

노예 검투사 스팔타커스도
그 중 한 사람이었다
못은 그의 뼈와 살을 뚫었다
그의 몸에서 피가 완전히 빠져나가고
뼈와 살과 못만 남았는데
장엄한 목소리로 외친다

"나는 노예다
나는 죽어서 자유를 얻지만
그대들은 죽어서 쾌락을 잃는다"

얻고 잃음이 이와 같거늘

다시는 저 형틀 위에
누군들 세우지 마라

빗자루를 들고

천하가 먼지인 것을
바람이 일깨워주네

천하가 먼지인 것을
굳이 쓸어 무얼 해

낙엽은 나뭇가지 그늘 위
나뭇가지에 잠시 앉는다

바람이 낙엽들을
불러 세워 떠날 때

나뭇가지 그림자만
고요히 한들거릴 뿐

제4부

춘투

경칩이 지난
작은 연못은

농약에 취한 올챙이들이
하얗게 배를 뒤집고 누워있다

도로에 누워 시위하는
절박한 생계들

저쪽 논두렁에는
헬멧을 쓴 왜가리가 있다

포주

꽃을 꺾은

꽃집의

아줌마

꽃은 꺾이면서도

웃음을 팔고

아줌마는

꽃으로 돈을 번다

칼

이 서슬이 퍼런 칼로 무엇을 할까
무를 자르듯 배추를 자르듯
도마 위에서 시원하게
칼춤을 추어 볼까
생선회를 칠까 육회를 칠까
정말 멋진 요리를 위하여
의사 체게바라에게
맡겨볼까

한 나무에 핀 꽃
—남주에게

우리는 만났다
한
나
무
꽃으로, 시인으로
광주
교도소에서

앞뒤로 영원한 시간인
한 시대에
동년배로
우리는 만났다
남민전과
오송회로

피와 칼이 필요 없는
먼 오늘에

하나로
다시 만나자

애벌레

나비가 되어본들 무엇하랴
애벌레끼리 참으로 좋은 것을

하늘을 날지 못해도 좋아라
애벌레끼리 애벌레끼리
행복한 세상이라네

나비 되어 환한 세상
이 꽃 저 꽃 꿀 찾기 쉽지 않네

나비 되어 하늘을 나는
하늘을 꿈꾸는
애벌레끼리 애벌레끼리

나비가 아니어도
애벌레끼리 참으로 좋은 것을

통닭구이

저 놈은 참 불쌍한 놈이다 눈자위에 칼자국 같은 흉터가 잔인하게 보이는 저놈은 이제 무슨 짓을 하려는지 눈알을 부라리며 나를 위협하면서 심문하는 저 놈도 가정을 지키기 위함이다 죄 없는 이에게 한사코 죄를 불라며 윽박지르고 있는 저 놈도 양심은 있을 것이다 하필 저 놈의 직업이 문제다 자리가 보전되고 특진의 보상이 따르기에 독하고 험한 짓을 하는 거겠지 생각하다가 사는 방법이 저 짓밖에 없을까 슬퍼진다

심연에서부터 식구들 사랑에 설레다가 막막한 외로움에 너울대면서 가슴의 펄을 드러내고 있는 나는 어쩌란 말이냐 식구들 생활의 늪지대를 흔들어 철저히 망가뜨리는 저 놈은 무슨 코끼리 같은 거대한 힘으로 나를 옥죄는 것이냐

대공분실 지하실에서 발가숭이가 된 나는 쇠파이프에 매달려 아직은 비명을 지르고 있었다 두 팔목은 노끈으

로 묶이고 무릎에 깍지를 끼라고 한 후 쇠파이프를 무릎 아래쪽에 집어넣어 테이블 양쪽에 걸쳐놓고 모진 고문을 하면서 우리보다 월급도 많은데 웬 불평을 그리했냐? 전두환이가 광주에서 만행을 저지른 것을 나도 분개한다 그러나 나도 살아야한다 위에서 시키니까 어쩔 수 없다 어서 빨리 큰 것 하나 내 놔라 여기 들어온 이상 너는 그냥 나갈 수 없다 독서 서클이 있다면서? 없습니다 이 자식, 여기가 어디라고 거짓말 해! 사실입니다 안되겠구먼! 아, 죽여라 죽여, 민주주의, 아 민주주의, 자유, 자유 나는 통닭이 되어 뜨거움 속으로 의식이 꺼져가고 있었다

길가 트럭에 설치된 발가벗은 통닭이 뜨거운 열에 구워지면서 쇠막대기에 나신을 걸치고 뱅뱅 회전하고 있는 모습으로 나는 그렇게 구워지고 있었다 내 가슴에 항시 매달린 잎새의 가족과 함께 나의 꿈은 언제나 지상 밖에 있었거늘 나의 싸움은 맥없이 무너졌다 나는 영영 파멸의 인생이 되어 이 사회에 내팽겨진다 허리케인이나 쓰

나미는 저 놈들의 최후를 위하여 필요한 일이거늘 역사
는 언제나 저 놈들을 비켜간다

다 버리면

내 집은 가구가 너무 많다
탐욕이 내 공간을 좁힌 탓이다

가구를 버렸더니
공간이 넓어졌다

공간은 그대로인데
버려서 넓어진 공간

다 버리면 우주가 나의 집이다

봄

누가 두꺼비 집을 내렸나
다시 세상은 어둠이다

보라, 온 천하가 다투어 꽃등을 밝혀들었다

꽃등을 구속하라
항시 어둠이게 하라

빼앗긴 자유를
어둠 속에서
두런두런 이야기 하는데

꽃등이 지천으로 환한 것을 보면
어둠은 산성처럼 견고하다

근본은 하나다

책상이 마루다
책꽂이가 옷장이다
옷장이 책상이다

형체가 다를 뿐
근본은 하나인 나무다

형체가 달라서 차별이 생겼을 뿐
근본은 하나다

하늘에는
새털구름, 조개구름, 꽃구름, 먹구름……
하늘은 그대로인 평등인데
형체있는 모든 것은 차별이 있다

사람도 형체만 다르게 태어났을 뿐
하늘 같은 마음을 가진

근본은 평등한 하나인 것을

유치원

유리창에
빗물이
주르륵주르륵
흘러내린다
흘러내리는
빗방울이
모였다 흩어졌다
유리창은 작은 연못
올챙이들이
꼬리를 흔들며 논다

나는 임마가 아니야

방글라데시에서 온 노동자 코빌은 대학에서는 디자인
전공하고 돈벌이 훌륭한 디자이너 되고자 한국 3D업종
에 취업했다 공장에서 일하던 어느 날 야, 임마! 감독관
이 불렀다 나는 임마가 아니야! 코빌이야! 그러자 감독관
의 주먹이 날아갔다 코피가 났다 옆에 한국인 노동자 아
줌마가 때리지 마! 소리쳐도 감독관은 계속 때렸다 한국
에 온 지 7년, 그는 직장에서 쫓겨나 서울역에서 산다

좁쌀 같은 놈

예수를 믿는 사람만 구원해준다고
하느님을 팔지 마라

속 좁은 하느님으로 만들지 마라
코드 맞는 자만 구원해 주는
좁쌀 같은 하느님이 아니다

하느님은 생명을 주시어
고통과 행복을 알게 하고

죽음을 창조하시어
안식과 평화를 주셨는데
어찌 새삼 구원을 바랄 것인가?

영생을 바라 구원을 꿈꾸는
이 좁쌀 같은 놈아

매직쇼

모자 속에서
장미꽃을 만들어내는
마술사

신기한 듯
바라보는 아이들
아이들아

정말 신기한 매직쇼는
하느님의 매직쇼
저 자연 속에 있다

무덤

사람의 욕망은 끝이 없어
세속적 욕망을 저승까지 끌고 간다

무덤이 저렇게 풍선처럼 둥근 것은
죽어서도 욕망을 버리지 못한 탓이다

이승의 삶을 개선한 저승에 가서
영원하기를 욕망하는 이여

화장터 굴뚝연기처럼
무덤을 하늘에 둬라

너의 일상을 돌아보라

강이 오염되었어!
누구 짓이야?

산이 파괴되었어!
누구 짓이야?

오존층이 파괴되었어!
이 또한 누구의 짓이야?

낙엽 쓸기

전두환 같은 환경미화원 아저씨가
은행나무가지를 흔들어댄다
은행나무를 발로 차기도 한다
그때마다 노란 은행잎이
죄도 없이 지상으로 내려앉는다
푸른 하늘을 배경으로
노랗게 물든 은행잎이 한들거리는 모습을
오며가며 바라보는 이의 마음은
아랑곳하지 않는다
아직 떨어지지 않는 초록 잎까지
긴 막대기로 후려친다
상처입어 찢어진 초록 잎들이 무수히 내려앉는다
이 주검들을 마대에 쓸어 담는다
떨어지는 은행잎이 귀찮아서
간단하고 신속하게 군사작전처럼

화훼단지

저마다 아름다움이 있다

아름다운 빛깔들이 모여
또다른 아름다움이 나타난다

홀로 서며 스며들어야 한다
스며들며 홀로 서야 한다

이 꽃단지에서
이미 문드러진 꽃들이여

이 꽃단지에서
버림받아 쫓겨난 꽃들이여

아름다움 뒤에는 아픈 그늘이 있다

숲

살아남기 위한 싸움이
숲 속에서도 있다

칡넝쿨을 보아라
나무를 기어오른다
나무 그늘로 하여 햇빛을 볼 수 없으니
그늘을 드리우는 나무를 기어오른다

침엽수를 보아라
사철 낙엽을 발 아래 내려서
다른 식물이 자라지 못하게 한다

숲은 모든 식물들이
살아남기 위하여 치열한 다툼이 있는
싸움터이다

그러나 아름다운 숲으로

모든 식물은 하나가 되는
고요한 지혜가 숨 쉬고 있다

순교지

한여름 밤
야외미사에 참여했다

숲으로 둘러싸인 순교지의 푸른 잔디 위에는
오르간의 반주에 맞춰
합창단의 성가가 장엄하고
수백 개의 촛불이 가볍게 물결치고 있었다

종이컵 속 휘도는 바람에
촛불의 그림자가
신도들의 얼굴에 죄의 흔적처럼 나직나직 흔들렸다

그날에 죽어간 사람들의 원한처럼
숲 속에서는 소쩍새 울음소리
하늘에는 조선낫 같은 달이 걸렸다

백색테러

내가 살고있는 아파트 뒷산에는
소나무와 함께 아카시아 나무가 자란다

어떤 사람이 낫을 들고 와
소나무에 걸친 아카시아 나뭇가지를 쳐낸다

사명에 불탄 혁명가처럼
심지어는 톱을 들고 와서
몰래 아카시아 나무를 베어낸다

더불어 사는 숲의 질서를
좋고 싫음이 저렇게 망치는 줄 모르고
그는 소나무 세상을 꿈꾼다

구더기

똥밭에 사는 나를
구더기라고 비웃지 마라

똥밭으로 알고 사는 것은
구더기가 아니다

똥밭을 황금밭으로 알고 사는
구더기들아

코드

엉뚱한 여자의 유방절개수술을 했다
병원진료카드에 코드가 잘못 부착된 것이었다
환자도 아닌 여자의 젖줄을 끊어버리고도
의사는 코드대로 했으니 잘못이 없다고 한다
그 놈의 코드가 문제였던 것이다

앨범을 정리하며

대형 서류봉투 속
넣어둔 사진들 꺼내어
앨범을 정리했다

내 모습 낯설어
대부분 사진들 가위질했다

어떤 경치 배경하여 찍은 사진들
그 풍경 어디인지
전혀 짐작이 되지 않고
지난날이 다 비 머금은 구름이다

풍상에 시달려
조금씩 망가진 내 모습이
오직 타인일 뿐이다

대바구니

개천에서 송사리를 잡으려 해도
물밑에 대바구니를 가라앉히고
조용히 기다려야 한다

물속에서
대바구니를 들어 올리는 순간

물은 눈부신 햇살을 받아 반사하면서
대바구니 밖으로 빠져나가고

빈 대바구니에
송사리 몇 마리 튀어 오른다
비워야만 얻는다

달도 없고 손가락도 없는, 소수자 시인의 생성적 이미지

장시기(동국대 영문과 교수, 문학평론가)

I. '만해축전' 의 인연

누구에게나 그(녀)의 이름만 불러도 가슴이 떨리는 사람이 있다. 나에게 그의 이름은 만해 한용운이었다. 그래서 1999년부터 매년 8월에 강원도 백담사 만해마을에서 열리는 '만해축전' 의 소식을 들으면, 마치 만해 한용운의『님의 침묵』에 등장하는「오셔요」라는 시의 "오셔요 당신은 오실 때가 되었어요 어서 오셔요"(「오셔요」부분)라는 시가 귀에 쟁쟁하게 울리는 듯이 나의 몸과 마음을 백담사 만해마을로 이끌고 간다. 그렇게 벼르고 벼르다가 2009년 여름의 어느 날 백담사 만해마을로 가는 버스 속에서, 나는 또다시 만해 한용운만큼이나 가슴이 떨리는 사랑의 '님' 을 만났다.

버스 속에서 서로가 서로를 소개하는 자리에서 "이 밤은// 달도 없고//손가락도 없다"라는 「그믐밤」의 시를 낭송하는 강상기 시인의 모습을 보면서, 만해 한용운이 이 시대에 다시 태어난다면 아마도 저런 모습이 아니었을까 하고, "달도 없고, 손가락도 없는" 일제식민지시대와 이 시대의 암울함을 머릿속으로 그려보았다. 그렇게 그의 모습은 연약하고 앙상한 여인의 몸을 유지하면서도 그 몸에서 쏟아내는 눈빛과 얼굴의 이미지는 남모르는 고통과 아픔을 극복한 이의 기개와 올곧은 선각자의 '광기'가 어려 있었다. 그 '광기'가 나의 몸을 소름이 돋게 만들었고, 그가 그리는 달과 손가락은 과연 무엇일까라는 시적 호기심을 자극했다.

내가 그리는 강상기 시인의 이미지는 소수자였다. 질 들뢰즈(Gilles Deleuze)의 말처럼 어느 시대건 시인으로 산다는 것은 그 시대의 '소수자(minority)'가 된다는 것을 의미한다. 물론, '소수자'는 일반적으로 이야기하는 '주변인(marginal)'과 다르다. 주변인은 중심에서 주변으로 밀려나거나 주변에서 중심을 바라보며 사는 해바라기의 사람이지만, 소수자는 스스로 중심과 주변이라는 세계에서 벗어나 중심과는 다른 삶과 다른 논리와 다른 지식을 추구하며 사는 야생화의 사람이다. 마치 독일 나치즘이 횡행하던 시대의 프란츠 카프카처럼, 그리고 일제 식민지 시대의 만해 한용운처럼 그 시대의 중심이 만들어 놓은 삶과 논리와 지식에서 벗어나 그와 다른 삶과 논리와 지식의 세계를 찾는 것이 시의 세계이고 문학의 지식이 아닌가? 아마도 강상기 시인은 그런 소수자 시인일 것이라고 막연하게 생각하면서, "달도 없고 손가락도 없는" 캄캄한 암흑이기 때문에 너무나도 명백하게 "달도 있고 손가락도 있는" 이 시대의 새로운 삶과 새로운 논리와 새로운 지식을 추구하는 시인의 연약하고 앙상한 모습이 지니는 기개와 광기에 넋을 잃었다. 그래서 다시 서울의 연구실에 도착하면, 강상기 시인의 시집을 찾아서 읽어보아야겠다고 마음먹었다.

백담사에서 돌아와 그날의 느낌을 잊어버리고 다시 일상의 늪에 빠져 서울이라는 낯선 21세기의 습관에 물들어 있을 때, 강상기 시인이 문득 찾아와 "이 밤은 달도 없고 손가락도 없다"는 그의 신작 시집 원고 『와와 쏴쏴』를 놓고 휑하니 사라져버렸다. 그날부터 나는 지난 80년대에 영어로 된 시이거나 러시아어로 된 시, 혹은 일본어로 된 시도 아닌 한글의 우리말로 된 일제식민지시대의 시를 읽었다는 이유로 국가보안법에 처벌되어 직장을 잃고 감옥으로 가야했던 '오송회 사건'의 연루자, 소위 국가보안법이 간첩으로 낙인을 찍은 강상기 시인이 대한민국 국가보안법의 억압과 폭력의 권력으로 구성된 중심에서 벗어나 소수자의 비어있는

삶과 생성의 논리와 창조적 지식을 노래하는 시를 읽느라
고 밤을 새우고 또 새웠다. 그것은 아마도 강상기 시인과 더
불어 지렁이가 되어 꿈틀대거나, 불나방이 되어 불을 찾아
헤매이는 것이기도 하고, 꿀벌이 되어 순간의 달콤함에 빠
져 허우적대다가 다시 비어있음으로 돌아오고, 쓰르라미가
되어 아침이슬을 먹으며 삶을 노래하기도 하고, 구더기가
되어 똥밭을 황금밭을 갈아엎는 것이기도 하다가, 마침내
대나무, 담쟁이, 패랭이꽃, 토란잎, 목련이 되는 생성의 쾌
락이었다.

일제식민지시대의 지배적이고 억압적인 삶과 논리의 지
식을 허울만 좋은 근대화의 과정으로 교과서를 각색하고,
그것을 이 시대 이 국가의 정체성으로 계승하여 자신들과
다른 삶과 다른 논리와 다른 지식의 사람들을 억압하고 강
제하거나 국가보안법의 삶과 논리의 지식을 추구하는 사람
들은 소수자 시인의 삶과 시의 논리로 구성된 새롭고 다른
지식을 '기인'이라고 하거나 허무맹랑하여 올바른 논리나
지식이 아니라고 말한다. 그러나 따지고 보면, 일제식민지
시대를 허울만 좋은 근대화의 과정으로 각색하는 사람들이
바로 식민지 노예의 삶을 살고 있는 도저히 이해하지 못할
괴물의 인간들이며, 미국과 유럽은 물론이고 아프리카와
아메리카, 심지어 남극과 북극까지 여행하는 이 시대에 우

리와 같은 말을 쓰고 같은 역사를 지니고 있는 휴전선 이북의 땅을, 심지어 사유 속에서나마 자유롭게 넘나들지 못하게 하는 국가보안법의 논리와 지식이 너무나도 허무맹랑하여 도저히 논리이거나 지식이라고 말할 수도 없는 폭력이 아닌가? 아무리 나쁜 시라도 식민지 노예의 삶을 찬양하거나, 국가보안법을 강화하는 논리를 자랑스럽게 설파하지는 않지 않은가? 그런 시가 있다면, 아무리 휘황찬란한 언어로 치장했다고 하더라도 그것은 시가 아니라 단순히 언어의 추태일 뿐이리라.

수천 년 동안 동서양을 막론하고 소수자로 존재했던 수많은 시인들과 마찬가지로 이 시대의 소수자 철학자, 질 들뢰즈는 지식을 개념을 주조하는 철학적 지식, 기능을 발견하는 과학적 지식, 그리고 형상을 창조하는 예술적 지식으로 구분한다. 이와 더불어 그는 이 세 가지 지식 중에서 가장 중요한 지식은 예술적 지식이라고 이야기한다. 예술적 지식이 창조하는 삶과 우주의 형상들은 철학자들이 주조하는 개념의 토대인 동시에, 과학자들이 발견하는 기능의 원동력이기 때문이다. 우리는 시인들이 만든 형상의 이미지를 통하여 사랑과 정의, 세계와 우주의 개념을 이해한다. 그리고 우리는 시인들이 만든 형상의 이미지를 통하여 뉴튼의 만유인력과 아인슈타인의 상대성이론의 기능을 발견한다. 따라서 예술적 지식을 배제하고 사회과학적 지식이나 자연과학의 지식만을 추구하는 오늘날의 논리와 지식체계는 예전과 다른 새로운 삶과 논리와 지식을 추구하고자 하는 이 세상의 모든 소수자들을 지배와 억압의 굴레 속으로 들어가는 주변인으로 만들고자 하는 억압과 폭력의 논리이고 지식이다. 그래서 나는 억압과 폭력의 논리와 지식에서 벗어나 생성적이고 창조적인 삶을 찾기 위하여 강상기 시인의 새로운 삶과 논리와 지식을 탐구하고자 하는 것이다.

II. 비어있는 삶과 생성의 논리

물이 흐르는 것처럼 우리네 삶도 흐른다. 물이 흘러 개울이 되고 강이 되고 바다가 되었다가, 마침내 수증기가 되어 다시 빗물로 내리듯이, 우리네 삶도 하나의 핏덩이로 생성되어 아이가 되고 소년이나 소녀가 되고 남자나 여자가 되어, 마침내 눈이 녹듯이 살이 썩어 자연의 일부가 된다. 물이 흐르는 것을 멈추면, 썩은 물이 되는 것과 마찬가지로 인간이 변화하는 것을 멈추면, 살아있으되 썩은 인간이 된다. 썩은 물처럼 썩은 냄새가 사방으로 흩어져서 모든 생명들을 오염시키지만, 그 썩은 냄새를 맡지 못하는 사람은 오직 자연과 더불어 변화하지 못하고 지배자와 주변인의 논리와 지식에 정체되어 있는 오늘날의 인간들뿐이다. 그래서 강상기 시인은 "눈도 없는 것이/귀도 없는 것이/코도 없는 것이//길쭉한 몸을 오므렸다 폈다/하는 일은 위대하다//네 작은 힘으로/더러운 것 해치우고/깨끗한 세상 만들고자//네가 우는 것은/너를 우는 것이 아니라/인간을 우는 것이다" (「지렁이」 전문)라고 이야기한다. 마치 개울이 강이 되듯이, 혹은 소년이나 소녀가 남자나 여자가 되듯이, 강상기 시인은 모든 생명체의 소수자라고 말할 수 있는 '지렁이' 가 되어 "길쭉한 몸을 오므렸다 폈다/하는" "위대한" "더러운 것 해치우고/깨끗한 세상 만들고자" 하는 '일' 을 하고 있는 것이다. 그래서 그는 '지렁이' 가 되어 마침내 자기 자신을 위해 "우는 것이 아니라" 썩은 물처럼 썩은 냄새가 사방을 진동하여 마침내 모든 생명들을 오염시키는 문명과 근대의 "인간을 우는 것이다."

시인은 지렁이로만 생성되는 것이 아니다. 지렁이 시인의 형상을 창조한 강상기 시인은 '씨앗, 양파, 진달래, 참나무, 토란잎' 이 되기도 한다. 그래서 지렁이로 생성되어 "인간을 우는" 슬픔을 맛보기도 하지만, '담쟁이' 가 되어 희망을 발견하기도 한다. "인간을 우는" 절망 속에서 '희망' 을 발견한다는 것은 절망을 뒤집는 것, 즉 세상을 거꾸로 인식하는 삶과 논리가 필요하다. 그래서 시인은 '담쟁이' 가 되어 "담쟁이는 벽을 평지로 알고 산다/담쟁이는 벽을 넘는 것이 아니라/평지 끝 절망의 벼랑과 만난다/벽을 놓지 못한 채/제 한 몸 던져/끝끝내 매달려 있는/담쟁이의 벽/하늘에 목숨을 맡긴 채/평지 끝 절망의 벼랑에서/고공투쟁하는 벼랑 끝 절망이/담쟁이의 희망이다" 라고 노래한다. 따라서 시인이 '담쟁이' 가 되어 발견하는 것은 "벼랑 끝 절망이" 곧 '희망' 이라는 사실이다. 국가보안법이 만들어 놓은 '벽', 그리고 기존의 사회과학적 논리와 지식체계가 만든 이기주의적 삶의 "벽을 평지로 알고 산" 시인이 자신의 삶과 논리를 발견하여, 마침내 "평지 끝 절망의 벼랑과 만날" 때, 그는 혼자서 "고공투쟁하는 벼랑 끝 절망" 이 되어버린다. 그래서 시인이 "벼랑 끝 절망" 에서 발견하는 '희망' 은 생성을 위한 파괴이다.

씨앗은/수천 송이의 꽃과/수천억의 이파리를 가두고 있는 감옥이다//감옥을 파괴하라/파괴된 감옥이/다시 감옥을 만들지라도//아름다운 꽃이 피고/푸른 이파리들이 살랑거리는 세상을 위하여/감옥을 파괴하라(「씨앗」 전문)

시인의 생성적 삶과 논리는 얼마나 위대한 일인가? "고공투쟁하는 벼랑 끝 절망" 에서 시인이 발견하는 '희망' 은 수

많은 양심수와 국가보안법 위반자들이 있는 이 시대의 '감옥'이 바로 "수천 송이의 꽃과/수천억의 이파리를 가두고 있는" 진정한 생명의 '씨앗'이라는 것이다. '씨앗'이 '감옥' 속에 갇혀 있으면, 그냥 '씨앗'으로 죽는 것이 아니라 "수천 송이의 꽃과/수천억의 이파리"가 생명을 피우지도 못하고 죽는 것이다. 우리의 근대사를 돌이켜 보면, 그렇게 생명을 피우지도 못하고 죽은 "수천 송이의 꽃과/수천억의 이파리"들이 얼마나 많은가? 그래서 시인은 스스로 감옥에 갇혀 있는 '씨앗'이 되어 지난 1987년의 민주화 항쟁과 민주화의 대승리를 목격하면서, "감옥을 파괴하라/파괴된 감옥이/다시 감옥을 만들지라도//아름다운 꽃이 피고/푸른 이파리들이 살랑거리는 세상을 위하여/감옥을 파괴하라"고 외치는 것이다. 이처럼 '지렁이'나 '담쟁이', 그리고 '씨앗'이 되어 썩은 인간을 위하여 울고, 새로운 희망을 발견하고, 그리고 다른 수없이 많은 생명의 생성을 위한 파괴의 길을 찾아나가는 삶은 근본적으로 강상기 시인의 삶의 논리가 인간이니 지식이니 하는 기존의 논리가 아니라 자연의 논리이기 때문이다.

강상기 시인이 생성적 삶과 상생의 논리를 취득하는 이유는 그가 문명의 삶과 문명의 논리에서 벗어나 자연의 존재에 가까이 다가가 있기 때문이다. 그는 "허공을 가두어//

속이 비어있는 삶을//구태여 채우려 하지 않는다//비어서 더욱 꿋꿋한 허공을 안고//시퍼렇게 뜻을 세우며 산다"(「대나무」 전문)의 "비어있는 삶"을 사는 자연인이다. 그의 삶이 "비어있기" 때문에 새로운 생성으로 무한하게 채워질 수 있는 "더욱 꿋꿋한 허공을 안고" 살 수 있는 것이다. 그렇게 "비어있는 삶"이 생성으로 가득 찬 "비어서 더욱 꿋꿋한 허공을 안고" 사는 것이 자연인 강상기 시인이 가지고 있는 "시퍼렇게 뜻을 세우며 사는" 것이다. 이러한 시인의 비어있는 삶과 생성의 논리는 곧 "껍질이 속도 되고/속이 껍질이 되는 것을//겉과 속을 구별하지 말라//꽉 찼지만/기실 비어있는 거다"(「양파」 부분)라는 자연의 삶과 자연의 논리이다. 그래서 강상기 시인은 자연을 보고 자연과 더불어 자기 자신이 문명인이거나 국가인이 아니라 자연인이라는 것을 발견하는 것이다.

> 너는 이제 다/비워버렸다//버릴 것 다 버려서/건강한 처녀의 피부 같은 줄기에/상처받은 사람의 붕대인 양/눈을 하얗게 감고 꽃꽃이 서 있다//아, 버려서/오히려 있는/참/나는/무엇인가?//참,/나,/무네 그려!(「참나무」 전문)

비어있는 삶과 그것을 통한 생성의 논리라는 자연의 이

치를 가장 잘 보여주는 것은 나무와 풀과 같은 식물이다. 그래서 시인은 「지렁이」와 가장 소수자적인 동물 되기에서 오늘날의 문명인과 국가인의 파괴적 삶과 억압의 논리를 "인간을 우는 것"이라고 말하지만, 「참나무」와 같은 식물 되기의 시들에서는 인간의 세계를 뛰어 넘어 마치 자연의 경지에 도달한 이순(耳順)의 스님처럼 득도송(得道頌)을 부르고 있는 듯하다. 우리나라의 산이나 들에 무수하게 서 있는 "너는 이제 다 비워버렸다"라고 말하는 '참나무'의 모습은 마치 "이 밤은//달도 없고//손가락도 없다"라는 시를 낭송하는, 온갖 평지풍파를 모두 겪은 시인의 모습이다. 이제 "버릴 것 다 버려서" 무한한 생성이라는 미지의 세계로 나아가는 "건강한 처녀의 피부 같은 줄기"의 시심(詩心)을 주렁주렁 매달고 있는 시인은 이 세상의 평지풍파에 "상처받은 사람의 붕대인 양" 세상의 사물을 바라보는 "눈을 하얗게 감고 꼿꼿이 서 있다." 눈을 뜨고 세상을 바라보면 문명의 파괴와 자연에서 벗어나 파괴적 괴물이 되어버린 인간들만이 있기 때문에 시인은 "눈을 하얗게 감고 꼿꼿이 서 있는" 것이다. 그 순간, 그는 득도송을 노래한다. "참/나는/무엇인가?//참,/나,/무네 그려!"

그러나 강상기 시인이 지니고 있는 '상처'는 너무나도 커서 시인의 비어있는 삶과 생성의 논리를 방해한다. 그 '상처'는 이 세상의 악법 중에서도 최고의 악법이라고 말할 수 있는 국가보안법을 위한 "대공 분실의 지하실"의 심문과 투옥의 '상처'이다. 국어교사였던 시인이 학교에서 쫓겨나 생계를 위하여 "전신주 끝에 매달려/변압기를/수리하다가/한 덩어리/까만 숯//뚝//허공을 긋는" 모습에 놀라 "전기고문에/부들부들 떨던//나"(「별똥」전문)를 기억하는 시인의 '상처'는 안쓰럽다 못해 독자의 가슴을 치게 한다. 이러한 고통은 "대공 분실 지하실에서 발가숭이가 된 나는 쇠파이프에 매달려 아직은 비명을 지르고 있었다"(「통닭구이」부분)는 기억의 굴레가 "길가 트럭에 설치된 발가벗은 통닭이 뜨거운 열에 구워지면서 쇠막대기에 나신을 걸치고 뱅뱅 회전하고 있는 모습으로 나는 그렇게 구워지고 있었다"(「통닭구이」부분)는 현실의 '통닭구이'로 재생하는 것에서 드러난다. 이러한 고통은 "심연에서부터 식구들 사랑에 설레다가 막막한 외로움에 너울대면서 가슴의 펄을 드러내고 있는 나는 어쩌란 말이냐 식구들 생활의 늪지대를 흔들어 철저히 망가뜨리는 저 놈은 무슨 코끼리 같은 거대한 힘으로 나를 옥죄는 것이냐"(「통닭구이」부분)라는 가족의 고통이고, 동시에 문명이라는 이 대한민국의 고통이다. 그래서 시인은 국가보안법을 유지하고 있는 대한민국을 향하여 이렇게 소리친다.

똥밭에 사는 나를/구더기라고 비웃지 마라//똥밭으로 알
고 사는 것은/구더기가 아니다//똥밭을 황금밭으로 알고
사는/구더기들아(「구더기」 전문)

시인의 비어있는 삶과 생성의 논리를 방해하는 대한민국
의 국가보안법은 강상기 시인처럼 국가보안법에 연루되어
'통닭구이'의 심문을 받고 투옥의 고통을 당한 사람들에게
"똥밭에 사는" "구더기라고 비웃"는다. 그렇게 시인을 비
웃는 대한민국의 국가보안법은 "엉뚱한 여자의 유방절개수
술을 하"여 "환자가 아닌 여자의 젖줄을 끊어버리고도/의
사는 코드대로 했으니 잘못이 없다고 하는"(「코드」 부분)
그런 대한민국이고, "전두환 같은 환경미화원 아저씨가/은
행나무 가지를 흔들어대"고 마침내 "아직 떨어지지 않은 초
록 잎까지/긴 막대기로 후려치"는 "간단하고 신속하게 군
사작전처럼"(「낙엽 쓸기」 부분) 일상적 삶을 사는 그런 대
한민국이다. 그래서 시인은 "강이 오염되었어!/누구 짓이
야?//산이 파괴되었어?/누구 짓이야?//오존층이 파괴되었
어?/이 또한 누구 짓이야?"라고 대한민국을 대고 소리 지르
며, 국가보안법이라는 문명의 코드를 따르는 사람들에게
항변한다. 국가보안법이라는 문명의 코드는 대한민국을 똥

밭으로 만드는 일일 뿐만 아니라 "대학에서는 디자인 전공하고 돈벌어 훌륭한 디자이너가 되고자" 하는 "방글라데시에서 온 노동자 코빌"까지도 "한국에 온 지 7년"만에 "난 임마가 아니야! 코빌이야!"라고 항변하였기 때문에 마침내 "직장에서 쫓겨나 서울역에 사"(「난 임마가 아니야」 부분)는 '구더기'로 만든다. 그래서 시인은 국가보안법이 아직도 횡행하고 있는 대한민국의 "똥밭을 황금밭으로 알고 사는/구더기들"에게 똥밭을 "똥밭으로 알고 사는," 그래서 "똥밭"을 자연의 밭으로 되돌리고자 하는 '나'는 "구더기가 아니라"고 항변하는 것이다.

과거와 기억의 '상처'는 순응과 도피로 극복되는 것이 아니라 투쟁과 항변을 통한 재생으로 극복되는 것이다. 그래서 "비어있지만/매운 하루 꽉 찬 삶이기에//모든 것을 받아들여라/눈물을 부른다"(「양파」 부분)는 시인의 비어있는 삶과 생성의 논리라는 자연인의 삶과 논리는 너무나도 고통스럽게 "눈물을 부르는" 시인의 '상처'에 대한 투쟁과 항변으로 이루어진 자연인의 삶과 사유에 의해서 쟁취된 것이다. 이러한 투쟁과 항변으로 이루어진 삶이기에 시인은 "경칩이 지난/작은 연못은//농약에 취한 올챙이들이/하얗게 배를 뒤집고 누워있다//도로에 누워 시위하는/절박한 생계들//저쪽 논두렁에는/헬멧을 쓴 왜가리가 있다"(「춘투」

전문)는 시인과 마찬가지로 비어있는 삶의 생성적 논리를 방해하는 대한민국의 노동자들이 "농약에 취한 올챙이들"처럼 "하얗게 배를 뒤집고 누워있는" "춘투"를 자연 속에서 발견하는 것이다. 그래서 시인의 비어있는 삶과 동물 되기와 식물 되기를 통한 지속적인 생성의 논리는 우리가 살고 있는 대한민국이나 문명의 세계가 시인처럼 비어있는 국가나 세계가 되어 새로운 대한민국이나 새로운 세계로 끊임없이 거듭날 때에 마침내 "달빛에/배꽃 그림자/유리창에 흔들려/늦은 저녁/그대 그리움에/잠자리 뒤척이면서/새로이 가슴 아파라"(「봄밤」 전문)의 시적 정서가 온전하게 이루어질 것이다.

III. 소수자 시인의 생성적 지식체계

강상기 시인의 비어있는 삶과 동물 되기나 식물 되기를 통한 생성적 논리는 오늘날 우리를 지배하고 있는 문명의 지식이나 국가의 지식체계에서 벗어나 자연의 지식체계를 형성하고 있다. 그래서 강상기 시인의 앎을 구성하는 것은 동물과 식물에서 더 나아가 '숲'이나 '하늘', 그리고 '촛불'이나 '아침 서리', '농사'처럼 자연적 구성물이다. 이러한 지식체계는 문명이나 국가의 코드가 얼마나 파괴적이고 맹목적인 것인가를 보여주는 동시에 자연의 코드가 생성적이고 생산적이라는 관계의 형식으로 구성되어 있다는 것을 보여준다. 들뢰즈의 말처럼 자연은 최고의 예술이고, 예술은 자연을 모방하는 것이 아니라 자연이 되는 것임을 보여준다. 그러나 자연의 지식, 즉 예술적 지식이 현실과 철학적 지식이나 과학적 지식과 별개의 것으로 존재하는 것은 아니다. 오늘날의 문명이나 국가의 이데올로기적 체제를 구성하고 있는 철학적 지식과 과학적 지식은 과거의 예술적 지식을 통하여 과거에 구성되었던 것이다. 그래서 강상기 시인이 터득한 예술적 지식은 현재의 철학적 지식이거나 과학적 지식을 파괴하면서 미래의 철학적 지식과 과학적 지식을 잉태한다. 그의 예술적 지식이 얼마나 현실의 토대 위에 굳건하게 서 있는가를 보여주는 시가 바로 「기다리는 숲」이라는 시이다.

　　수군거리던 숲이 고요히 잠든 때입니다//칼바람이 거세게 몰아치니/온 숲이 파도처럼 출렁거립니다//어둠이 물러서지 않는 부엉이바위에/갑자기 숲을 지탱하던 거목이 쓰러집니다//잠자던 새떼들이 놀라 어둠 속을 파득입니다/순한 짐승들이 이리 뛰고 저리 뜁니다//온 숲 속 나무들의 나뭇잎에서/이슬 같은 눈물이 뚝뚝 떨어집니다//숲은 이제

새로 모실 태양을 기다립니다(「기다리는 숲」 전문)

강상기 시인이 이야기하는 "기다리는 숲"은 대한민국이
고, "수군거리던 숲이 고요히 잠든 때"는 대한민국의 국민
이라면 모두가 알고 있듯이 바로 우리가 지금 살고있는
2009년의 5월 어느 날이다. 온 국민이 모두 알고 있는 "부엉
이바위"라는 자연의 명칭 때문에 "칼바람이 거세게 몰아
치"거나 "온 숲이 파도처럼 출렁거리"던 "어둠이 물러서지
않는" 그날들을 기억하는 것이다. 그래서 시인은 "갑자기
숲을 지탱하던 거목이 쓰러"지는 것을 본 "잠자던 새떼들이
놀라 어둠 속을 퍼득이"고 "순한 짐승들이 이리 뛰고 저리
뛰"며, "온 숲 속 나무들의 나뭇잎에서/이슬 같은 눈물이 뚝
뚝 떨어"지는 것을 보는 것이다. 그러나 강상기 시인은 국
가보안법의 대한민국에서 '통닭구이'의 고통과 감옥의 수
감이라는 아픔을 이겨냈듯이 "눈물이 뚝뚝 떨어"지는 현실
속에서 그냥 울고만 있지 않는다. "숲은 이제 새로 모실 태
양을 기다립니다"라는 그의 서러운 기다림은 그가 문명이
나 국가의 지식에서 벗어나 자연의 지식을 터득했기 때문
이고, 그 자연의 지식과 예술의 지식은 과거의 수많은 문명
이나 국가처럼 오늘날의 문명이나 국가도 언젠가는 자연의
일부가 된다는 것을 알기 때문이다. 시인이 바라본 또다른

숲이 국가보안법의 문명과 국가도 자연인 동시에 자연에 위배된다는 것을 아주 잘 보여주고 있다.

　　살아남기 위한 싸움이/숲 속에서도 있다//칡넝쿨을 보아라/나무를 기어오른다/나무 그늘로 하여 햇빛을 볼 수 없으니/그늘을 드리우는 나무를 기어오른다//침엽수를 보아라/사철 낙엽을 발 아래 내려서/다른 식물이 자라지 못하게 한다//숲은 모든 식물들이/살아남기 위하여 치열한 다툼이 있는/싸움터이다//그러나 아름다운 숲으로/모든 식물은 하나가 되는/고요한 지혜가 숨쉬고 있다.(「숲」 전문)

「기다리는 숲」에서 대한민국의 오늘을 읽은 것처럼, 시인은 「숲」이라는 자연의 '숲' 속에서 오늘날의 문명을 읽고 인간을 본다. 오늘날의 근대 문명처럼, 혹은 국가보안법이 개인과 가족의 삶을 피폐하게 만드는 대한민국처럼 "살아남기 위한 싸움이/숲 속에서도 있다"고 시인은 이야기한다. 모든 생명은 마치 시인이 국가보안법과 싸우면서, 그와 동시에 비어있는 삶과 생성의 논리로 시를 쓰는 "살아남기 위한 싸움"을 하는 것처럼 "나무를 기어오르"는 '칡넝쿨'과 "사철 낙엽을 발 아래 내리"는 '침엽수'를 '보아라'라고 소리친다. 자연과 문명과 국가는 모두 "살아남기 위한 싸움"

을 한다는 측면에서 서로 동일하다. 그래서 국가와 문명은 자신들이 자연이라고 이야기한다. 그러나 그것은 아니다. 시인은 '숲'은 문명이나 국가의 모든 인간처럼 "모든 식물들이/살아남기 위하여 치열한 다툼이 있는/싸움터"라는 사실을 인식하면서, "그러나 아름다운 숲으로/모든 식물은 하나가 되는/고요한 지혜가 숨쉬고 있다"는 문명이나 국가의 지식과 자연의 지혜를 대비한다. "모든 식물"들이 모든 인간처럼 "살아남기 위하여 치열한 다툼"을 한다면, '숲'처럼 문명이나 국가도 "아름다운 국가(혹은 문명)로/모든 인간이 하나가 되는/고요한 지혜"를 가져야 하는데, 분단된 조국에서 대한민국은 분단을 더욱 강화시키는 국가보안법으로 모든 국민의 지혜를 눈멀게 하고 있다고 시인은 이야기하는 것이다.

강상기 시인이 이야기하는 '기다리는 숲'이나 '숲'은 자연이나 자연의 동식물이 되고자 하는 것이지, 흔히 근대문학이론이 이야기하는 의인화나 상징이 아니다. 그래서 「꽃 같은 사랑」에서 이야기하는 '꽃'은 인간처럼 "벌 나비"와 사랑을 하지만, "벌 나비가/이 꽃 저 꽃을 찾을 때도/싫어하는 기색이 없다." 이러한 인간과 꽃의 차이는 인간이 자연을 파괴하는 문명과 서로가 서로를 파괴하는 국가를 구성하면서 잃어버린 "그/본래의 아름다움을" 꽃은 "더욱 돋보이게 드러내"기 때문이다. 국가나 문명이 이야기하는 철학적 지식의 "선(善, 혹은 Good)이나 과학적 지식의 진(眞, 혹은 Truth)이 상실하고 있는 이 "아름다움(美)"의 지식은 "다른 꽃들이/벌 나비를 기쁘게 해준 것"을 '고마워' 하는 비어있는 삶과 생성의 논리에서 발견하는 동물 되기나 식물 되기의 생성적 줄거움에서 얻어지는 지혜의 지식이다. 그래서 "꽃은,/이 꽃 저 꽃을 기쁘게 해준 벌 나비에게/바람 속에 춤추며/기뻐할 줄 안다." 마치 강상기 시인의 비어있는 삶과 생성의 논리가 국가보안법으로 고통을 당하고 직장에서 쫓겨나 가장노릇을 하기 힘들었어도, 그 고통과 아픔이 "이 꽃 저 꽃을 기쁘게 해준 벌 나비"의 고통과 아픔이었기 때문에 그는 비어있는 삶과 생성의 논리로 가득한 예술적 지식을 보여주면서, '꽃'이 되어 "바람 속에 춤추며/기뻐할 줄 안다." 그 기쁨이 독자들의 가슴에 더욱 사무칠 때, 우리는 모두 국가보안법의 대한민국이 국가보안법이 없는 대한민국으로, 그리고 자연파괴의 문명이 자연보호의 문명으로 바뀌는 "바람 속에 춤추며/기뻐할 줄 알" 게 될 것이다.

강상기 시인이 비어있는 삶과 생성의 논리에서 쟁취한 생성적 지식체계는 현실을 살아가는 일상적 삶의 지혜인 동시에 우주의 생산적 논리를 파악하는 생태적 인식의 무기이기도 하다. 시인의 일상적 삶의 지혜를 보여주는 시들은 그의 비어있는 삶에서 가장 잘 드러나며, 「대바구니」와 같은 시에서 비어있는 그의 삶이 단순히 국가보안법의 피해나 사회적 무능력으로 인한 도피가 아니라 일상적 삶의 생산성을 지속시키기 위한 그의 지속적인 지적 노력이라는 사실을 아주 잘 보여준다. 시인이 "개천에서 송사리를 잡으려 해도/물밑에 대바구니를 가라앉히고/조용히 기다려야한다"라고 아주 일상적인 지혜를 이야기하는 것은 이러한 일상적 삶의 지혜와 생성의 논리가 근대적인 문명이나 국가의 자의적이고 인위적인 지식체계 속에서 사라지고 있거나 하찮은 것으로 치부되고 있기 때문이다. 따라서 시인은 기다림이나 비움이 지니고 있는 일상적 삶의 지혜와 생성의 논리가 이루어지는 아름다움의 "순간"을 "물속에서/대바구니를 들어 올리는 순간//물은 눈부신 햇살을 받아 반사하면서/대바구니 밖으로 빠져나가고//빈 대바구니에/송사리 몇 마리 튀어 오른다"로 표현하고 있다. "눈부신 햇살을 받아 반사하면서/대바구니 밖으로 빠져나가"는 '물'과 '대바구니'에서 "튀어 오르"는 "송사리 몇 마리"가 보여주는 생명의 이미지는 과학적 지식의 '진'과 철학적 지식의 '선'을 포용하는 예술적 지식의 "아름다움"을 드러낸다. 따라서 시인은 마침내 "비워야만 얻는다"(「대바구니」)라고 선언하는 것이다. 이러한 시인의 일상적 삶의 지혜는 우주나 자연의 생산적 지식체계와 연결되어 있다.

　고요히 강물이 계곡을 흐른다/강물은 제 몸속에 들어온/
산을 어루만지며 고요히 흐른다/산은 강물에 제 몸을 맡기
고/무심히 강물의 마음 끝을 흔들어 본다/강물은 뒤척이며
산을 온몸으로 품는다/강물은 산이 되고 산은 강물이 되는
것을/하늘에 노는 마음이 무심코 바라본다(「하늘에 노는
마음」 전문)

　강상기 시인이 바라보는 자연과 우주의 이미지는 각각의
개별적 개체들의 질서정연한 나열이 아니라 상호 생성이거
나 혼합의 생성적 융합이다. 그가 「하늘에 노는 마음」에서
이야기하는 '강물'이나 '계곡', '산', '마음', 그리고 '하
늘'은 개별적으로 존재하는 것이 아니라 컴퓨터 인터넷의
네트워크처럼 서로서로 연결되어 서로서로를 생성시키고
또한 서로서로를 연결시키는 또다른 존재를 생산하는 관계
의 그물망이다. 이 관계의 그물망은 '흐르고', '어루만지
며', '맡기고', '흔들고', '품고', '바라보는' 것을 통하여
'강물'은 '계곡'을 만들고 '산'을 잉태한다. 그래서 "무심
히 강물의 마음 끝을 흔들어 보"는 '산'과 "뒤척이며 산을
온몸으로 품는" '강물'은 서로서로 "강물은 산이 되고 산

은 강물이 되는" 상호생성의 세계이다. 그래서 강물이 되었다가 산이 되기도 하였던 시인은 마침내 강물과 산이 서로서로를 품고 서로서로를 사랑하고 서로서로를 생성시키는 세계를 "무심코 바라보는" "하늘에 노는 마음"이 된다. 이러한 시인의 생성적 지식체계는 자연을 바라보는 시인의 시선일 뿐만 아니라 자연과 우주를 구성하고 있는 인간과 사회, 그리고 국가를 바라보는 지식체계이고 그의 시선이다.

강상기 시인이 지니고 있는 소수자 시인의 생성적 지식체계는 생명을 토대로 인간과 세계를 구성하는 지식이라는 측면에서 오늘날의 서구에서 근대적 지식체계를 극복하고자 하는 미셸 푸코(Michael Foucault)의 "알려지지 않은 지식(unknown knowledge)"이거나 들뢰즈의 유목학(nomadology), 혹은 월터 미뇰로(Walter D. Mignolo)가 이야기하는 영적 지식(gnoseology)과 연관되어 있다. 그것은 또한 불교적 인드라망의 지식이고, 노자와 장자의 도가적 지식이기도 하다. 이러한 지식의 특성은 서구적 근대의 지식과 달리 일상적인 삶과 생활의 논리와 분리되어 있는 것이 아니라 서로 밀접하게 연관되어 있기 때문에 지식이 일상적인 삶과 생활의 논리를 구성하고, 일상적인 삶과 생활의 논리는 생성적 지식체계를 더욱 강화시키는 역할을 한다. 따라서 「하늘에 노는 마음」에서 보여주는 "강물은 산이 되고 산은 강물이 되는" 자연의 생성적 지식체계는 시인의 「술병」이라는 시에서 시인은 술병이 되고 술병은 시인이 되는 일상적 삶과 생활의 논리로 변형된다. 술병을 바라보면서 시인은 "당신은 기다렸습니다/당신의 욕망을 비워버릴 때를//이제 비워드리겠습니다/당신 몸을 내 몸과 바꿉니다"라고 이야기한다. 그래서 시인이 마침내 술병에게 "쉬십시오, 누워있는 몸이여"라고 이야기하는 것은 너무나도 당연하고, 시인이 술병이 되고 술병이 시인이 된 결과로 인하여 "당신은 비워서 편안하고/나는 채워서 더욱 고단합니다"(「술병」 부분)라는 생성적 지식체계의 풍자와 해학이 바로 강상기 시인의 삶이며, 그의 시의 논리이고, 그가 추구하는 문학예술의 지식이라는 것을 단적으로 보여준다.

IV. 강상기 시인에게 '청춘의 옷'을 입히는 일

강상기 시인이 연구실 책상 위에 『와와 쏴쏴』 시집의 원고를 놓고 복도 끝으로 사라지던 뒷모습이 눈에 아른거린다. 그 모습은 시집 속에 있는 「주름」이라는 시와 겹쳐져서 나에게 마음의 주름을 놓았다. "이순 넘어 내 청춘의 옷은/누더기가 되었음을/거울 보며 탄식하는"(「주름」 부분) 시인을 보며, 나도 그와 더불어 탄식하는 이유는 그의 청춘을 앗아가 버린 국가보안법과 분단의 상황이 지금도 여전히 존재하는 것이 안타깝기 때문일 것이다. 『와와 쏴쏴』의 시집에서 드문드문 등장하는 국가보안법과 분단의 상황이 만든 아픔과 고통은 단순히 시인의 '청춘의 옷'을 '누더기'로 만들었거나 한 개인의 아픔과 고통으로 끝나는 것이 아니라 시인의 아름다운 시의 생성을 방해하거나 새로운 지식체계의 형성을 저해하는 역사적 죄악으로 드러난다. 이러한 아픔과 고통을 겪은 사람이 어디 강상기 시인뿐인가? 이 시대의 비어있는 삶을 통하여 생성적 논리와 지식체계를 구성하고자 했던 수많은 시인과 예술가들이 강상기 시인처럼 국가보안법과 분단의 상황이 만든 고통과 아픔으로 신음하면서도 그 고통과 아픔을 시와 예술로 극복하기 위하여 더 많은 번민과 슬픔의 세월을 보내지 않았던가. 그래서 나는 "아버지의 청춘이 저에게 있는데 왜 슬퍼하세요?"(「주름」 부분)라고 말하는 강상기 시인의 '아들'처럼 그의 아들이 되어 그의 "주름을 펴게 해주고", 또한 그 "피를 따뜻하게 해 주고"(「주름」 부분) 싶다.

이 글이 강상기 시인의 "주름을 펴게 해주고", 그의 "피를 따뜻하게 해주"는 일에 조금이라도 다가갔으면 하는 것이 필자의 소망이다. 그리고 그의 비어있는 삶과 생성의 논리, 그리고 생성적 지식체계처럼 나의 글이 그의 시를 더욱 생성적으로 소통시켜, 이 시를 읽는 모든 독자들이 그의 "아들"처럼 시대의 아들이 되어 그의 "주름을 펴게 해주고" 그의 "피를 따뜻하게 해 주는" 이 시대의 소명에 더욱 다가 갈 수 있는 길의 안내자가 되었으면 하는 것이 필자의 소망 이다.

　『와와 쏴쏴』가 보여주는 비어있는 삶과 생성의 논리, 그 리고 생성적 지식체계가 모두 강상기 시인이 이 시대의 소 수자가 되었기 때문에 가능하였던 것처럼, 『와와 쏴쏴』의 독자들이 그의 '아들'이 되어 그의 "주름을 펴게 해주고" 그의 "피를 따뜻하게 해 주는" 일 또한 우리가 이 시대의 소 수자가 되는 것이라는 사실을 그대로 보여주는 것이 필자 의 또다른 소망이다. 그것은 아마도 강상기 시인의 이 시집 을 읽으면서, 우리 모두가 강상기 시인처럼 "나비가 되어본 들 무엇하랴/애벌레끼리 좋은 것을//하늘을 날지 못해도 좋 아라/애벌레끼리 애벌레끼리/행복한 세상이라네"(「애벌 레」 부분)라고 노래하면서 이 시대의 애벌레가 되는 것이리 라. 그래서 이 시대의 "애벌레"이지만, 국가보안법이 폐지 되고 남과 북이 서로 자유롭게 왔다 갔다 하는 미래의 시대 에 "나비 되어 하늘을 나는/하늘을 꿈꾸는/애벌레끼리 애 벌레끼리" 소수자의 삶과 수수자의 생성적 논리와 소수자의 생성적 지식체계를 만들어가는 것이다.

시인의 말

벌과 나비들은 꽃과 향기를 해치지 않고 꿀을 가져간다. 그 보답으로 벌과 나비들은 아름다운 빛깔과 향기와 꿀을 다시 이 대자연에 복사해준다. 어떤 사람들은 이 대자연에서 수없이 많은 꿀과 향기를 제공받았음에도 불구하고 보답 없이 오히려 꽃을 해치고 있다. 너무 감각에만 집착하기 때문이다. 아침에 아름다운 장미가 저녁에는 시들어 추하다. 이처럼 감각은 항상 변덕스럽다. 견해를 바꾸기에 바쁘고 이에 의존한 예술은 생명이 짧다. 그러므로 나는 이목구비 뒤에 숨은 변하지 않는 본질을 살피고자 했다. 단어와 단어 사이 침묵의 소리에 귀를 기울였다. 그리고 그 깨달음으로 시를 썼다.

2010년 봄에
우면산자락 아침도시에서
강상기 쓰다

와와 쏴쏴

2010년 3월 18일 1판 1쇄 찍음
2010년 3월 22일 1판 1쇄 펴냄

지은이 _ 강상기
펴낸이 _ 양동문
펴낸곳 _ 詩와에세이

신고번호 _ 제319-2005-000014호
주소 _ (120-865) 서울시 서대문구 북아현동 1-495 세방그랜빌 2층
대표전화 _ (02)324-7653, 313-4023
팩시밀리 _ (02)392-4023
휴대전화 _ (011)355-7565
전자우편 _ sie2005@naver.com
공 급 처 _ 한국출판협동조합
주문전화 _ (070) 7119-1741~2
팩시밀리 _ (031) 944-8234~6

ⓒ 강상기, 2010
ISBN 978-89-92470-48-3 03810